세월이

달력 한 장 넘어가는 소리, 소리
눈 깜박 사이
1년이 후닥닥

봄바람 소리가
찬바람 소리로
후닥닥 겨울 강을 건넌다

억겁의 비경
그랜드 캐니언

법학박사 이종상 두 번째 시집

억겁의 비경 그랜드 캐니언

문지사

발간사

　<구름을 이고 갈 산이 없는> 시집을 발간한 이후, 그동안 집필한 시들을 모아 두 번째 시집 <억겁의 신비 그랜드 캐니언>을 출간하게 되었다.

　시심(詩心)은 사실을 깊이 통찰하고 느끼는 감성을 풍성하게 고도화시켜 감동을 유발하여 열정을 가져오게 한다. 숨 막힐 듯한 경이적인 그랜드 캐니언의 절경을 보았을 때는 부족한 필봉을 자책하기도 하였다.

　인간사에 얽힌 희로애락은 환호와 절망을 가져오기도 한다. 팽목항의 참상과 매미 호의 비극에서 우리는 극복의 의지를 찾아야 한다.

　월드컵의 4강 진출은 민족을 하나로 단합시키는 발전의 에너지를 만들었다.

　우리는 조국의 번영에 희망을 두고, 실천하고, 부족한 필봉으로 써 내려간 이 단상이 우리의 삶에 조금이라도 보탬이 된다면 그것으로 만족할 것이다.

　끝으로 출간에 도움을 준 문지사에 깊은 감사를 드린다.

2023. 10. 30
저자 씀

차례

제8부 공든 탑

제9부 통곡의 팽목항

제10부 일인자의 유능한 이인자

제1부

바위

바위

억겁의 침묵이여
바위를 관조하면 바위가 된다.

바위는 살아있는 부처
바위서 참선하면
돌부처가 된다.

바위야, 영원한 인고로
우뚝 선 생불이 되라.

하늘의 유성이 박히고
달빛이 내려와
한밤을 지새우고

지각을 가르는 천둥을 버티고
여기 정좌하고 있구나.

천년의 침묵
올올이 풀어내는
전설의 바다

오늘도 바위는
성불하고 있구나.

섬진강 변

섬진강 변
사공의 뱃노래는 찾을 길 없고

사랑 찾아 홀로 섰는 나그네
옷자락은 강바람에 펄럭이고

강물은 무심이 소리 없이 흐르건만
주고받는 탄식의 음성은
강물로 녹아 흐른다.

떼 지어 흐르는 파도는
예나 다름없건만
사라져간 옛 추억은
뭍으로 오르지 않는구나.

삶에 지친 절규는
바위처럼 무거운데
강물이 돌아 천년세월이
바위를 굴려 가듯이
가슴의 상처를 굴려가니라.

섬진강 긴 강물은
오늘도 어제처럼 침묵만 흐르고

10월의 훤한 세월을 건너
힘살이 뻗어가는 강줄기는
재생의 목줄에 힘을 실어
시심詩心을 북돋우어만 간다.

버리라

버리면 편안한 것
못 버리면 불안한 것

버리면 밝은 것
못 버리면 어두운 것

버리면 현명한 것
못 버리면 우둔한 것

세상에는 자기 것이 없다고
모두가 남의 것이라면
못 버릴 것이 없다고

세상에 험한 것
세상이 아옹다옹
모두가 자기 것 자기 탓이기에

버리기 힘든 세상이니
천지가 감옥일밖에

무소유가 어려운 것이라는데
그 욕망 없으면
극락으로 밝아 올 것인데

버리기 힘든 세상이니
천지가 감옥일밖에
온 세상 캄캄한 지옥이니
버릴 것은 버려라.

제주도

제주도가 온통 가슴에 차 들어온다
가는 곳마다 유채꽃 잔치
가는 곳마다 조랑말이 서성이고
어디서 보아도 한라산은 한가로이 정좌하고 있다.

4월은
제주도가 살아서 움직이는 축제의 천지
4월은
제주도가 들떠서 일어서고
푸른 풋향기가 사람을 들뜨게 한다.

검푸른 파도는 천년을 살아도 늙지 않고
절벽에 부딪히는 포말泡沫도 예나 다름없구나
한라산 감싸고 나르는 저 구름은
지금도 다르지 않네.

서늘한 4월의 새벽 공기가
해변으로 유인하는데
싱그러운 해안도로로
가도 가도 경쾌한 산책로

무딘 생각들이 날개 같아 칼날같이 나르고
흘러간 추억이 재생하는 해변에
발목을 잡는 짙은 사랑의 향기가
해변을 떠나지 말라고
내 가슴에 매달리고 있다.

가는 곳마다 초지와 감귤나무
흔해서 푸대접하지만
나그네의 눈에는 보석처럼 다가온다.

곳곳의 하루방
하루방이 제주도의 대명사
순하디순한 표정에
제주도의 진한 정을 느끼고
나는 오늘 제주도를 온통 삼키고 있다.

가슴으로 달아오르는 희열
이곳이 정말 일본 땅이 아닌 내 땅인가?
내 나라 남단 제주도
이대로가 나는 너무 좋다
나는 오늘 이대로를 삼키고 있다.
이대로를 소화하고 있다.

세월이

달력 한 장 넘어가는 소리, 소리
눈 깜박 사이
1년이 후닥닥

봄바람 소리가
찬바람 소리로
후닥닥 겨울 강을 건넌다.

사라오름 전망대에서

제주도의 정기 모아 한라산이 우뚝 서고
어디서나 마주하는 터줏대감
계절에 순응하는 억겁의 한라산은
영생의 비법을 설교하고 있구나.

사라오름 전망대 서니 제주도가 한 몸 되고
서귀포 먼바다는 내려오라 야단치니
어디로 가야 할지 망설여지는구나.

오르는 욕망을 버리고 나니
무욕의 심전心田에는 새순이 돋아나고
참된 삶의 여정에는 천 근의 무게가 실린다.

사람들아! 사라오름 정상에 서서
생의 회한을 반추해보라
동천에 회답하는 도통한 한라산이
지혜의 해답을 내릴 것 같구나.

산1

산이 침묵하는 이유는
별을 이고 있기 때문이다.

산이 노하는 이유는
가벼운 구름 때문이다.

산이 우는 이유는
태양 때문이다.

산이 고민하는 이유는
인간의 죄과 때문이다.

인간이여! 반성하라
산을 즐겁게 하라.

산2

산이여, 아! 태산이여, 여기가 우리의 보금자리
싱그러운 해풍이 가슴으로 배어들고
흥겨운 가지마다 사랑이 일렁인다.

천진함이 수북한 언덕에는 심금의 대화가
무언으로 오고 갈 뿐
사람은 말이 아니고
진국보다 진한 순결아
화산으로 활활 타올라라.

후회 없는 인생으로 우리 오늘보다
더 높은 천고 불변의 산을 닮아야 한다.

산3

아득한 산하
조상들이 앉아있다.

위엄의 탈을 쓴 허풍이 아닌
당당한 조상들이
푸른 옷을 입고
정좌하고 있다.

풍상에 찌들지 않고
늠름한 기상으로
하늘을 이고
나라를 걱정하며 앉아있다.

전란의 포성도 아랑곳하지 않고
침묵하는 의미는
영원한 역사의 훈수를
가다듬기 위함이다.

천당과 지옥

정치자금과 대가성 자금이 이렇게 다른지
정치자금은 전혀 대가성이 없다는데
혼란스럽다.

정치자금과 대가성 자금은 다 같이 돈인데
법에는 하늘과 땅 차이

정치자금이면 무죄이고 대가성 자금이면 유죄는
더욱 혼란스럽다.

대가성 자금에 5천만 원에 일 원이라도 모자라면
5년 징역형으로 특가법에 정하여
정말 희한한 법이다.

정치자금과 대가성 자금은
천당과 지옥 차이

교도소 안은 지옥이고
밖은 천당이다.

인간은 천당과 지옥을 곡예하고 있다.
죄 받을 사람들아
최소한 법만은 지켜라.

지옥을 가보면
생사람 잡는 짓 못 할 것이다.

사랑은

은하수 촘촘한
내 별을 찾아 헤매고
북극의 백야처럼 불면의 밤을 지나
가슴을 헤쳐오는 따스한 햇살 같은
당신을 맞을래요.

못 보면 못살 것 같고
빠져서 헤어나지 못할
감전感傳의 사랑을 하고파요.

바다처럼 포근한
별처럼 신비한
호수처럼 깊은 사랑과
우리 같이 강렬한
환희의 사랑을 하고파요.

하루를 십 년 같이
태산 같은 무게로
터질 듯한 팽배한 삶의 의욕과
마주 앉아 짙푸른 대화로

당신이 나이고
내가 당신인
순백의 대리석에
'영원한 사랑'을 새기고 싶습니다.

기다림

기약 없는 기다림에
오지 않는 사람을
목놓아 기다리다
바위가 되고파라.

인연이란 우연이 아닌
오랜 영원의 감복

나에게 단 한 번
눈 감아도 삼삼이는
새로워지는 당신

울렁이는 가슴이
당신으로 가득하고

분출하는 사랑이여!
사람이 그리워하는
태산으로 높이 솟아
영원한 폭음의 화산이
되어다오.

사랑과 미움

사랑이 미움으로 변하면
가장 무서운 것

미움이 사랑으로 변하면
가장 아름다운 것
미움과 사랑은 백지 한 장 차이

사랑하지 않으면 미움도 모른다.
죽도록 미워하여
죽도록 사랑하고 싶다.

옛고향

옛고향은 도심의 가운데가 되고
고향을 찾아가면
낯선 사람뿐이다.

초가집 허물고
이층집 앞마당은
한 평도 안 된다.

뒷산 자락의 잔디밭은
온데간데없다.

소먹이고 뛰놀던 산등성이는
잡목과 밭으로
그리던 옛 정취는 꿈이 되고 말았다.

시인의 고뇌

온 세상이 시詩다.
시로서 채색한다.

온 우주가 시다.
시로서 싸여 있다.

시인은 세상의
아름다움을 캔다.

시인은 우주의 추한 것도
상상으로 미화시킨다.

시인의 가슴에는
우주와 지구의 혼이 엉켜있다.

시인의 용광로에는
우주와 지구가 어울려 용해된다.

시인은 지구와 우주 속에서
깊이 고뇌한다.

고뇌를 순화시켜
인간을 감동시키는 시를 낳는다.

구름아

구름에게 물어보라
어디 가는지

지향 없는 방랑시인
가다가 지치면
쉬어 가야지

하늘 아래 어디론지
자유 천지에
세상사 귀찮으면
사라지는 몸

연약한 구름이라
깔보지 말라
강렬한 햇살도 너를 뚫지 못하리

창 넘어 뭉게구름
이다지도 반가운데

구름 없는 세상은 상상도 말라.
낭만도 생사도 구름이 쥐고 있다.

꽃 피는 산 이중섭

제2부

자식과 동반자살의 비극

자식과 동반자살의 비극

　자살자가 교통사고 사망자보다 많은 나라가 되다.
　가족의 동반자살도 흔하기만 하고 '어머니 죽기 싫어요'라고
울부짖는 어린 자식을 안고 투신한 어머니, 그 심정이야 오죽했
겠느냐만 자식이 무슨 죄가 있다고 정신 나간 어머니의 소행이
천벌을 받도록 밉기만 하고 이를 방관한 국가 사회도 할 말은
없다.
　근검절약도 모르고 빚 무서운 줄 몰랐는지, 어쩔 수 없는 생활
고였는지
　지독한 빚 독촉 지옥 같은 빚 독촉에
　사는 것이 지옥보다 더한 것

　나 죽고 나면
　어린 자식들 천대받고
　학대받을 바에야
　동반자살이 최선이라는 어리석은 판단
　이것은 인류을 거역한 대역죄이다.

내가 낳은 자식이라도
자식의 생명은 이미 부모의 생명은 아니다.
자식도 독립된 인격체이고 개체이다.
이들의 생명도 절대 부모가 박탈할 수 없다.
자식만 죽고 자기만 살면 분명 살인죄가 된다.

죽기를 각오하면 얼마든지 살아갈 수 있다.
인간이여! 아무리 험난하고 어려워도
자살만은 생각 말고 행동 말라.
절대 자식과 동반자살은 생각하지도 말라.

우주와 바꿀 수 없는 생명이라면 얼마든지
지옥문을 열 수 있다.
죽을 용기를 바꾸면 살 힘이 솟아날 수 있다.
인간만사 새옹지마는 분명히 헛소리가 아님을 자각하라.

태풍 매미 호의 절규1

며칠 전부터 태풍 매미 호의 경고
TV 예비보도의 호들갑이 진실이었다.

사라 호 이후 최대의 폭풍 위력
밤 9시에 상륙한 남해안은
피항 선박이 뭍으로 오르고
세상천지가 정전으로
암흑세계로
공포와 불안이 엄습한 아파트에
숨죽인 시민들

창문이 날아가고
나무가 뿌리째 뽑히고
신호등이 내동댕이쳐져
칠흑같이 어두운 거리

바다는 온통
뒤범벅으로 소용돌이치고
바람의 원망도 실종하는 순간
만조의 해일이 신마산
부두에 야적한 목재가
지하 노래방으로 덮쳐
아까운 젊은 남녀 18명의 목숨을 앗아갔다.

예보에 둔감한 인재의 어리석음이여,
제발 사후 약방문 하지 말라고
엄중히 경고하고 있다.

태풍 매미 호의 절규2

태풍 매미 호의 지난 자리
오르는 가덕도 연대봉
아름드리 소나무 통째로 뽑히고
산길은 솔잎 가지로 타작하였구나.

익지 않은 푸른 밤송이
지천으로 뒹굴고

하늘이 내린 재앙이
이다지도 잔인한가.

나무들은 골병들어
절룩이고

태풍이 산을 삼켰는데도
하늘은 무심코
높고 푸르기만 하구나.

인간아, 자연의 보복이 두려우면
자연에 순응하고
내 몸 같이 아끼고 사랑함이
연대봉 정상이 외치는
진정한 참회이고 해답이리라.

애타는 적조

푸른 남해의 청정해역이 붉은 바다라니
죽음의 바다 사해는
어민들의 무덤이다.

희망의 양식장에
수십만 마리 고기떼가
배를 내밀고 떠오르니
피멍 든 어부들의 가슴을
누가 위로할까.

중국산 수입 생선에
양식장은 파산 직전인데
적조마저 어장을 망치니
자살밖에 도리 없다니,

횟집마다 장사 안된다고
중국산을 국산으로 둔갑시켜
어장은 막막하여 숨 막히고

농협에 빌린 돈
이자도 못 갚는 처지에
쥐꼬리만 한 보상에 희망을 걸지만
허리띠 조여드는 살림살이
질식 직전이다.

막막한 어촌에
한심한 지원정책
올바른 대책 파악도 하지 않는
무성의한 정부는 있으나 마나이다.

죽음으로 내모는 황량한 어촌에
희망의 빛은
적조처럼 발갛게 바래어 간다.

정부야, 피멍 든 어촌에
희망의 등불을 밝혀라.
이것이 진정한 정부의 정책이니라.

혹독한 일제의 유년 시절 회고

일제 치하의 유년 시절은 참혹했다.
2차대전 말기
일제는 전쟁에 쫓겨
천진한 민족의 고혈을 짜고
혹독한 탄압에 광분했다.

초등학교 운동장은
고구마밭으로 변했고
고구마 파먹다 들켜
발가벗겨 죽도록 얻어맞은 친구들

학교 수업은 하는 둥 마는 둥
등교하면 가마니 지고
비행기 기름 보충한다고 소나무 베러 산에 가고
솔방울 주워 돈 만들려고 산으로 쫓기고

어쩌다 수업 있는 날
공습경보 사이렌에 집으로 쫓겨가기 일쑤였다.

신발이 없어 짚으로 짚신 삼아서 신고 다니고
비 오는 날에는 뻘이 튀어 옷은 엉망이 되고
짚으로 만든 공으로 논밭에서 공을 찼다.

죽도록 벼농사 지어
공출로 싹쓸이 바치고

놋쇠 그릇은 대포알 만든다고
온 집안 들쑤셔 다 털어가고

도토리 꽁보리밥
썩은 콩깻묵 배급받아
저녁마다 죽 쑤어 먹기도 진저리났다.

이래 놓고도 눈곱만큼도 반성하지 않는
일본 사람들 너희는 정말 인간들인가.

산이 꽃으로 분칠

산이 요동을 친다
지열로 나무는 물이 오르고
움트는 소리 지각을 움직인다.

하늘이 쏟는 정자가
땅의 난자를 찾아
마주 붙는 정력이
꽃으로 분칠하고,

신생아가 탄생하는 산마루에는
아기의 싱그러운 음성이
봄바람을 타고
천지를 진동한다.

물오르는 연초록 나뭇가지는
흥에 겨워 우쭐거리고

바람기 타는 산새들은
짝을 찾아 웅성거린다.

농부의 애간장

못자리 가뭄에 애태우고
모심기 비 오기 애간장 태우고
홍수와 태풍에 밤잠 설치더니,

황금빛 가득한 저 벌판은
농부의 애간장이 누렇게 금빛으로 변한 것

들녘에는 풍성한 포만으로 가득 차지만
수매가로 애태우니
바람 잘 날 없는 농부의 가슴에
세월이 약이라고 누가 위로할까?
정부여! 농사일에 전념하게
농부의 애간장을 녹여주어라.

가없는 외로운 바다1

생각 따라 다른 바다
마음을 색칠하고
사람을 웃기고 울리는 저 무서운 바다

하늘을 품어도 차지 않는 망망대해
수심을 갈라도 침묵하는 바다
열 길 물속을 모르리라.

바다가 없다면
바다 같은 풍성한 마음이 있을까?
바다가 없다면
지구의 생물도 없을 것이다.

바다여, 영원한 바다여!
인간의 절규를 받아다오
오만한 인간을 훈계해다오.

해류는 막힘없이
세계로 넘나드는데
인간의 비좁은 심사들은
국경확장에 광분한다.
인간이여, 해심海心을 배우라.

별이 뜨고 해가 뜨고 달이 뜨는
저 수평선 넘어
영원한 바다의 평화가 소리친다, 사람들아

바다가 노하면
태산도 삼키려니
노한 바다의 꿈을 음미하라.

잔잔한 해변에서
바다로 연명하는 처지임을
몽매에도 잊지 말라.

가없는 외로운 바다2

바다가 침묵하는 까닭은
바다는 사색하기 때문이다.

광활한 하늘을 품어도
한이 차지 않는 까닭은
바다는 영원히 하늘을 삼키기 때문이다.

태풍이 바다를 삼킬 듯해도
노하지 않는 까닭은
바다는 너무나 관용하기 때문이다.

칠흑 같은 암흑의 바닷자락에
장대비가 쏟아져도
바다가 마다하지 않는 까닭은
바다는 인내하기 때문이다.

반짝이는 별빛이 눈웃음으로 유혹해도
미동하지 않는 까닭은
바다는 도통했기 때문이다.

가없는 외로운 바다3

바다는 파도가 있어 좋다
수평선 넘어 반가운 소식 싣고 올까?

아무리 팽개쳐도
파도는 누구를 원망하지 않는다.
태풍이 바다를 찢어도
바다는 원상으로 복원한다.
그래서 나는 바다가 좋다.

칠흑의 깜깜한 심해
폭풍의 물살이 살기를 품고 와도
대해는 어제를 망각하고
떠오르는 태양을 반기는 것을 보면
바다는 도통한 수신水神같구나.

나는 파도가 되고 싶다
순후하고 분노하는

역동하는 파도가 되고 싶다
포용하고 용서하는 대양이 되고 싶다.

바다는 벽이 없다.
그러나 누구도 범접 못하는
위풍이 있어 좋다.

괴로운 인생사
바다를 안고 웃어보고
괴로워 울어본다.

나는 바다에서 난제의 확답을 찾아간다.
그래서 나는 바다가 좋다.

바다에 푹 안겨
천신난만한 어린애가 되고 싶다.

광화문과 시청 앞 50만 명의 거리 응원단

제3부

열광의 월드컵World Cup

열광의 월드컵World Cup

1 붉은 악마

붉은 악마는 악마가 아니다.
붉은 악마는 마술의 천사이다.
붉은 악마는 마술사이고 천사이다.
천사에 마술사가 손을 잡고
위대한 꿈을 이루었다.

천지가 진동하고 천지가 개벽하는 함성
사천칠백만이 오직 하나 되는 불기둥
용광로에서 터져 나오는 오! 대한민국

화산처럼 폭발하는 승리의 환호
거리를 터지라 메운 인파
붉은 물결이 넘쳐 파도치고
파도가 하늘로 치솟는 용트림

반만년의 한 맺힌 서러움과 한이
온 겨레가 하나로 응축된 열광으로
붉은 악마는 창조의 마술로 하여
내리퍼붓는 엄청난 환호의 폭음이
선수들의 가슴팍에 파고들어
사투를 이루었구나.

스스로 일어선
피보다 붉은 사천칠백만의 폭음이
세계를 경악하게 하고
천지를 불기둥으로 솟구치게 하였다.
오! 붉은 악마여.

2 투혼의 태극전사

사활을 걸고 싸운 우리의 월드컵 전사
반만년 역사의 숨결이 멎은 순간
사천칠백만 우리 국민은
목이 터졌다.

가난의 서러움을 딛고 일어선
우리의 태극전사들
가난이 오늘 승리의 탯줄일 줄이야

천지가 진동하는 승리의 환호성
선수와 국민이 엮어낸
주옥의 합작품이다.

일제 36년의 원통한 역사의 단절이 있었기에
해방 이후 초근목피의 가난이 있었기에
원치 않았던 외세의 국토분단 비극이 있었기에

6·25의 처절한 참상이 있었기에
우리의 함성은 더더욱 컸고
우리의 열광도 더더욱 컸다.

정열의 붉은 색깔에
피나는 붉은 투혼이 있었기에
목이 터지라 뿜어낸
전 국민의 응축된 함성이 있었기에
영광이 터져 나왔다.
오, 대한민국!
태극기의 물결과 치솟은 애국심이
용광로 되어
승리의 월계관을 안겨주었구나.

3 대한민국 국민이여!

언제 우리가 이렇게 합창하였던가
대한민국인이여!

언제 이렇게 목 터지게
응원하였던가 국민이여!

언제 우리가 모든 것 다 버리고
이렇게 하나 되어
땅이 꺼지라 응원했던가.

언제 우리가 목숨이 하나 되어
피가 멎은 날이 있었던가.

언제 우리가 이웃 되어
서로 부둥켜안고
눈물을 흘린 적이 있었던가?

언제 우리가 이렇게 기뻐
하늘로 치솟아
환호성을 울린 적이 있었던가?

국민이여, 이제 우리 모두 하나 되어
다 함께 승리하자.

4 히딩크 감독

한 사람의 역량이 축구사를 바꾸고
한 사람의 현명한 외로운 결단이
위대한 승리를 가져오는
평범한 진리를 실천한 히딩크 감독

승리는 합리적 판단
　　　　합리적 인사
　　　　강력한 실천이 초석

그러나 여기에 못지않게
감독에 대한 신뢰와 애정이 없이는
용솟음치는 저력이 생겨나지 않는다.

지장과 덕장을 두루 갖춘 히딩크 감독
선수와 감독이 한 몸이 될 때
새로운 역사가 창조됨을
온 국민과 세계인에게 과시한
히딩크 감독의 장엄한 쾌거여라.

5 세계가 경악

월드컵 4강 진출을
세계인들도 경악했다.

숨을 죽인 상대국들은
예기치 않은 결과에
숨죽이며 허탈해했다.

세계인의 놀라움은
4강 우승이 문제 아니고
4천 7백만 명의 국민 중 5백만이
붉은 악마로 변신
뙤약볕 거리로 뛰쳐나와
목이 터지라 응원하는 열기에
감격하였다.

승전고가 울리자
선수와 국민이 하나로 환호하고
운집한 응원단은
대한민국의 연호로 지축을 뒤흔드는
감동의 현장이었다.

땅이 내려앉는 진동하는 함성은
우리만의 모습이다.

세계 방방곡곡의 교민들도
텔레비전 앞에 모여
태극전사를 응원했고
세계 언론도 하나로 어울려
감동의 날개를 달아 세계로 송출했다.

6 아시아에 우뚝 선 한국대표팀

세계의 축구사에 빛난 우리의 건아
세계인을 흥분케 하고
세계인을 놀라게 한
우리의 대표팀

오늘의 영광은 선수와 국민이 창조한
합작품이다.

이 축복의 영광을 영원히 잊지 말고
국력 신장으로 점화시켜야 한다.
오, 태극전사여, 대한민국 국민이여!

7 굴종의 역사가 폭발한 영광의 승리

태초에 인류가 탄생하고
태초에 나라가 세워지고
그리고 조선이 세워지고
흥망이 반복되어
오늘의 대한민국이 탄생했다.

우리의 어진 민족은
반만년 역사에
남의 나라를 침략, 수탈한 적도 없다.

무수한 외침과 노략질
군국의 폭정과 탐관오리의 탐욕에
짓밟힌 상흔들
그러나 우리는 망하지 않고
오늘을 살아가고 있다.

응축된 울분과 분노가
이젠 월드컵으로
화산처럼 폭발하고 있는 것이다.

솟구치는 불기둥은
지칠 줄 모르고
하늘 끝 땅끝으로 솟구친다.

반만년 뻗어 내린
생채기 모진 역사에
이젠 새순이 돋아나다오.

이제 우리는 수탈당하지 않을 것이고
이젠 우리는 울분도 분노도 없어야 하고
이젠 우리는 누구도 원망하지 않을 것이고
이젠 우리는 통일로 융성하는 국운을 만들
자신을 얻게 되었구나.
열광의 불덩어리를 합하면 불가능은 없을 것이다
대한민국이여, 대한민국 국민이여!

나는 행복하다

나는 숨 쉬고 있는 것만으로도 행복하다.
나는 걸을 수 있는 것만으로도 행복하다.
나는 귀로 들을 수 있는 것만으로도 행복하다.
나는 말할 수 있는 것만으로도 행복하다.
나는 먹을 수 있는 것만으로도 행복하다.
나는 볼 수 있는 것만으로도 행복하다.

감각의 달인 헬렌 켈러는 말하지도 보지도 듣지도 못했다. '사흘만 볼 수 있다면Three days to see'하고 외쳤다. 만일 내게 유일한 소원이 있다면 그것은 죽기 전에 사흘 동안 눈을 뜨고 세상을 보는 것이다.

이 간절한 절규를 가슴 깊이 새겨야 할 것이다.

일생 정상으로 병 없이 살아가는 행복은 은혜이고 축복이다.
오감이 성한 인간은 무엇을 더 바랄 것인가?
이 세상에는 불편한 장애인이 얼마나 많은가?

사흘만 볼 수 있게 해 달라는 헬렌 켈러의 절규를 상기하면,
평생을 눈뜨고 사는 감사함을 상기하면, 무슨 행복을 더 바랄
것인가. 이 지극한 감사함에 대한 보답은 인간은 자기의 위치에
서 자기의 능력을 십 분 발휘하여 가정과 사회와 국가에 헌신
보답하여야 할 책무가 있다.

제4부

손녀 수진이의 졸업식

손녀 수진이의 졸업식

'빛나는 졸업장을 타신 언니께
꽃다발을 한 아름 선사합니다'

60년 전에 부르던 졸업가를
손녀의 졸업식에서 들어보니
가슴이 뭉클하고
눈물이 핑 돌았다.

모든 졸업생이 상을 받고
흥겹게 즐기는 졸업식

'잘 있거라 아우들아, 정든 교실아'
눈물바다가 되지 않고
마냥 즐거운 표정들

졸업생 전원이 중학교에 입학하는
행복에 겨운 졸업생들

우리 졸업식 때는
중학 진학이 드물었고
한 맺힌 졸업식이 울음바다

지금은 교정을 떠나는 표정들
눈물의 표정은 찾을 길 없고
희망이 솟구치는 푸른 광장
예와 지금은 하늘과 땅 차이구나.

독거노인

노년에도 자식 걱정에
모든 것 다 바치고
홀로 사는 외로운 노인

뼈 빠지게 모은 재산
써보지도 못하고
자식 장사 밑천에 몽땅 날리고
그 밑천마저도 몽땅 날린 아들
그래도 아버지는 자식 걱정이 태산이다.

망한 아들 전화 한 통 없고
어디 사는지도 모르는 아버지
3평 단칸방에
엄동설한에 보일러도 없고
전기장판도 전기세 때문에 꺼놓고 사는 신세
그래도 아들 생각하는 아버지

세 끼 끼니는 한두 끼니로 때우고
그것도 반찬도 없는 소금 끼니 아니면
라면으로 족한 아버지

아들이 부모 심정일 때에는
아들도 늙어 천덕꾸러기가 되고

세상을 떠나 저세상에서도
아들을 걱정할
통한의 우리 아버지들.

청문회

청문회는 국회가 대통령의
장관 등 고위공직자 임명 전
능력, 경력, 청렴성 조사

국정조사 공익 심사 원칙
국익을 위한 적임자 조사
사익 비리 등은 참고사항

국무총리 청문회 거쳐
국회 동의 필수
장관, 고위공직자 심사 대상이다.
가부 의결 사항 아님

부적격 판정 나도
대통령 임명에는 효력 발생

비리 문제 공직 수행 장애라면
임명 불가 판정

약간의 비리는 용인됨은
도덕적으로 완벽한 인간은
없기 때문.

행복

행복은 어디서 올까?
명인가, 운인가, 재산인가?
재산은 욕심에서 오기에
종교에서는 재산이 천당과 극락에서 멀다고 한다.

부자가 천당에 가는 것은
낙타가 바늘구멍에 들어가는 것만큼
어렵다고 한다.

없는 것이 죄가 아니고
가난한 것이 극락에 가깝다면
가난에 움츠릴 필요가 없고
불평할 필요가 없다.

노력하는 데도 가난하다면
이재에 문제가 있고
낙담은 금물이다.

가난에 만족한다면
남을 의식하지 않는
자신의 유유자적한
창의적 인생관이 초석이니라.

걸어라

만나는 사람
낯설지만 반갑구나.

몸이 불편한 사람 만나면
내 몸같이 아프고 안쓰럽다.

먼 발길에
차오는 포만감
걸을 수 있는 벅차오는 희열에
의욕이 용솟음쳐
너무나 고맙구나.

사방을 보고 활보하는
포만감은
축복이고 은덕이다.

부모님이 고마워라.
고마움을 못 잊어
걷고 또 걷는다.

걷는 것이 건강이고 행복이고 축복이다.

이 상식을 외면하면
벌 받는다, 사람들아!

후회1

후회하면 후회뿐
후회가 씨앗을 낳고
다시는 후회 안 한다는 맹세
그래도 맹세를 반복한다.

후회가 있기에
성장한다.

자꾸 후회하다 보면
점점 나아진다.

오늘도 하는 일이
후회스럽다.

그렇다고 하지 않을 수도 없고
후회를 평생 달고 다닌다.

그렇게 인생을 살아가는 것이다.
나는 후회가 친한 벗이 되었다.

후회2

후회할 일 하지 말아야.
억제 못하는 인간
뼈저린 반성 따라야.

태산을 이고 사는
엄청난 시련도
억센 투지가 받쳐야 하고

후회할 일 했더라도
포기하지 말라
고통을 감수하는 억센 의지가
좋은 약이 된다.

남이 무엇이라 해도
바른 일을 위한
강한 의지가 후회를 넘어서리라.

태산을 이고 가는 뭉게구름도
가볍다고 깔보지 마라.

변화무쌍한 솜구름도
강한 태양도 뚫지 못하느니라.

겸손과 오만

오만은 생명을 앗아간다.
잘난척하는 것은 못난척하는 것과 같다.

겸손한 물이 바위를 뚫는다.
높아지는 것은 낮아지는 것이다.

물은 역류하지 않는다.
물은 만물을 살리고
홍수로 바위를 휩쓴다.

오만을 삭이는 것은 쉽지 않다.
지극히 겸손하면
지배자가 되고 대인이 된다.

겸손하지 않고
남을 설득 지배할 수 없는 법

겸손을 체질화하고
오만을 발붙이지 못하게 하라.

겸손은 사람을 모이게 하고
오만은 사람을 흩어지게 한다.
어찌 겸손을 마다하리오.

행복

포만감이 팽배한 것
무욕 탓인가.
아무것도 거리낌 없는 삶
나는 행복에 겹다.

사무치는 그리움도 없고
생활의 구애도 없고
남과의 원한도 없고
그저 평범하면서도
의젓한 품위가
나의 심정에 녹아나니
어찌 행복하지 않을 수 있나.

오늘 하루 내일 하루도
풍만 속에
속살이 차는
생활을 꾸미고 싶구나.

남을 의식하지 말고
나만의 행복을
구애 없이 추구하고 싶구나.

참된 뜻 있는 소망의 성취를 위해
순간순간 전력투구하고 싶구나.

신뢰

신뢰는 정신적 생명
신뢰를 잃으면
인간은 끝장이다.

폐부에서 샘솟는
믿음의 향기
진수가 무엇인가.
사람 사이 생 냄새이고
바탕이 흐리면
썩은 냄새 나고
썩는 줄도 모르고
썩은 냄새
인생을 타락시킨다.

사람이 산다는 것은
믿음이 고리이다.

고리가 끊어지면
나락으로 떨어진다.

신뢰의 끈은
아무리 어려워도
놓치지 말아야 한다.

사람이 사는 보람
사람 냄새가
진실되고 향기로워야
천 리 밖으로 풍기는 향기
이것이 신뢰의 진수이니라.

환희

온 세상이 충만으로 가득
너무나 기쁜 세상
이런 때가 있었나.

하늘을 훨훨 나는 기분
온몸의 세포가,
엔도르핀으로 가득 찬다.

기쁨으로 터질 것 같은
누구나 행복해 보이고
누구나 기뻐 보이고
누구나 선량해 보이고
아름다운 세상

불만이 있을 수 없고
만족감이 충만한 세상에
살고 싶구나.

환희가 넘치는 세상
이 세월을 움켜쥐고
나는 세상을 나는 듯이
세계를 날고 싶다.

녹슨 기찻길

무서운 중량을 견뎌낸
역전의 용사
녹슬어 누운 선로 위로
세월은 녹슬어 누워 있다.

백 년을 누워 있어도
탓하지 않는
평온한 철길 위로

마구 짓밟고 지나가는
난폭한 선로 위로
잘 가라고 몸짓한다.

녹슨 선로 위로
덜컹거리는 추억을 안고
얼마나 많은
기적소리를 울리고 갔는지

오늘도 녹슨 기찻길에
추억의 무서리가 내리고 있다.

만족

삶이란 알이다
여문 알이다.

속속들이 여문 알처럼
알이 터져 영글면
삶은 즐거우니라.

부족을 아는 지혜
만족을 아는 삶은
항상 내 앞에
훤한 희망으로 다가와
나를 흥분시킨다.

알찬 생활을 영위하는 것
어렵지만 마다 말라.

살면서 알을 다듬으면
그 속에 그 속에서 알이 잉태하고
부화하여 만족을 선사한다.
항상 모자라도 만족하라.
그러면 행복해진다.

환절기

계절이 바뀌면
마음은 색동옷 갈아입고

세월의 여울목에
탄식은 잦아들고
뼈아픈 고통도
쓰라린 마음도
세월이 달래고 간다.

타는 목마름은
오지 말아야 하는데
그래도 찾아오는 여울목

슬픈 사연은 곳곳에 열려 있고
참담한 심정이
폭포처럼 아린
계절의 건널목

푸근한 인생의 동산에
목놓아 불러보는 옛 추억이여
추억 속에 차오르는 쓰라림이여
이젠 추억 속에 차오른
속살이 배인 환호를 살고파요.

사월이 오면

사월이 오면
금수강산은 하늘로 훨훨 난다.

저절로 초목은 물이 오르고
산 이마는
연초록으로 채색한다.
산에 들에는
야생화가 잔치한다.

남녘 하늘에서
봄소식은 북상하고
기다리던 임이 오려나
마음 조이고
간밤에 꿈이 환상이 아닌지
궁금증이 타오른다.

고독을 봄기운이
휩쓸어 가듯이
오늘따라 홀가분한 기운이
봄 산책한다.

그랜드 케이넌 James chang
한국저작권위원회

제5부

애리조나Arizona의 여로

애리조나Arizona의 여로
1 불타는 대륙

가도 가도 끝없는
벌거숭이 산들

새도 없고 사슴도 없는
외로운 산들

이들은 서로를 보며
하늘만 보고
눈을 깜박인다.

칠흑의 밤도
따가운 태양도
숙명으로 살아가는 애리조나의 산들

천지가 개벽하면
광대한 바다를 꿈꾸며
산들은 침묵하고 있는가?

산들은 바다가 보고픈가
비를 기다리다 지친 산들

그러나 이들의 인고의 기다림이
천둥 치는 장대비가 화답할 것이다.

-그랜드 케이넌으로 가는 산들-

2 광활한 선인장의 물결

끝도 없는 선인장의 물결
광대한 육지의 수평선

타오르는 대륙에
민가는 찾을 길도 없고

멋대로 나서 멋대로 솟아오르는
무진장의 선인장

가도 가도 끝이 없는
무진장의 선인장

태양을 원망하며
사방으로 둘러싸인
애리조나의 얕은 산들

옷 없는 벌거숭이 산들은
안개처럼 부연 지열에
하늘을 원망하고 있구나.

목이 타는 망망한 사막은
하늘과 인간의 손길을
목놓아 기다리고 있구나.
모진 선인장이여!

-라스베이거스Las Vegas로 가는 길에 지천인 선인장은 법으로 보호하고 무단 채취는 처벌받는다고 한다. 정원수로 허가받은 선인장은 한 포기에 수백 불 이상을 호가한다고 한다.-

현란한 라스베이거스Las Vegas

환락의 Las Vegas
밤이 없고 낮만 있다면
죽음의 도시로 추락할 것이다.

찬란을 극한으로 분출하는 Las Vegas
네온 불에 영혼마저 감복하는
열락의 도시 Las Vegas

도박이 흥청대는 이 땅은
유혹의 손길이 사람을 놓아주지 않고
사람의 본성을 마음대로 시험하고
인내심이 허약한 인간에게
자살을 부추기는 Las Vegas

이혼이 쉬우니 건달패가 모여드는
타락의 도시 Las Vegas
결혼상담소와 이혼상담소가 번창하는
Las Vegas는 희한한 도시이다.
무서운 절망의 강둑이 터져 흐른다.

황금빛 휘황찬란한 도박의 도시 Las Vegas
욕심을 누르고 생을 만끽하면
천국이 될 것만 같다.

밤이 즐거우면
낮도 천국일까.

그러다 Las Vegas의 낮은
지옥처럼 공허하고 쓸쓸하다.

욕망을 시험하는 Las Vegas는
마음을 비우는 방법을
터득하고 들어가야 할 것 같다.

인간의 욕망을 최대한 충동질하는 환락의 밤이여
유혹을 끊고 유유히 걷는
이 밤의 포만감이여
밤새도록 걸어보고 싶은
휘황한 밤에
꿈속 같은 분위기에 취해
밤을 새워 흥건히 도취하고 싶구나.
밤을 새워 흥건히 침몰하고 싶구나.
밤을 새워 열락悦樂을 꿈꾸고 싶구나.

그러나 각성하라 도박사들아
도박에 모든 재산 탕진하고
겨우 여비만 갖고 나오는 주제에
마지막 변두리 도박장에서
여비마저 탕진하는 거지 신세의 도박꾼
도박에 돈 따서 벼락부자 된 자 없고
승률은 제로zero임을 유념하라.

Las Vegas는 환락과 슬픔을 간직한
이중 도시임을 직감하고
포만감을 갖고 Las Vegas를
떠나도록 하라.

억겁의 비경 그랜드 케이넌

천지창조의 신비로운 극치의 조화
콜로라도의 긴 강줄기가
운해 따라 흐르고

천 길 낭애
지각의 형성이
원시대로이구나

먼 계곡에
생명의 폭음이 터질 것 같은
신비로움이여!

인간의 왜소함을
절감하는 탄식이
벅차오르고
계곡이 절벽을 뚫어
직벽에는 세월의 각인이
너무나 선명하여라.

꿈을 품고 질주한
야망의 세월도
신비로운 비경 앞에
무릎을 꿇는구나.

억겁 풍상을 건너 탄생한
만물상의 형상들
인간이 품은 순결을 포상한
장엄한 그랜드 케이년Grand Canyon이여!

사랑과 증오를 정리하고
평화와 자유와 정의를 세워다오
아득한 정상 위에
지혜로 울부짖는 사자후獅子吼가 되어다오.

세기를 끌고 갈
용기와 창조의
전진까지 그랜드 케이년이여!
몸으로 부닥칠
세기와 만인의
희망이 포효하는
Grand Canyon이여!

단양팔경 -유람선 상에서-

수심이 깊어 눈이 부시고
산과 바위와 강과 하늘이
조화의 극치를 토하고

산이 웃고 강이 웃고
바위가 웃고 하늘이 웃으니
사람도 설레어 따라 웃는
단양팔경

오늘따라 산은 곱고
물이 고우니
선상에 포개진 포만감은
주체할 길이 없다.

마음의 심연이 솟구치는 희열은
가식 없는 사람들의
환한 박꽃 웃음으로 피어난다.

몸으로 와 닿은
아름다운 확성기의 노래가
바람에 풍선을 달아
긴 호흡으로
단양팔경을 넘나든다.

폐광촌 도계읍

오색 단풍이 곱게 물든
아침의 산골 마을

한가한 길가에
세월이 앉아 졸고 있다.

별들이 놀고 간 옛 산자락에
번창하던 광산촌의
옛 모습은 간데없고
폐광촌의 을씨년스런 전경에
태양도 눈을 가린다.

냇물은 지금도 안개를 감고 흐르건만
인적 없는 초라한 산골 마을은
광부들의 웃음은 간데없고
늙은 농부의 고단한 삶만
논밭에서 외롭게 뒹굴고 있다.

천년의 동강이여

유유히 누워 영겁을 흐르는 동강이여
굽이굽이 사연을 담고 흐르는
노래하는 동강이여!

삼삼이는 옛 추억이
푸른 강을 건너
살쪄가는 산촌의 힘이 되어다오.

소리소리 울려 퍼지는
심연의 거센 아우성이여
이대로가 좋다고 웃고 있는가?

사람들은 유혹하려 한다.
아름다운 해답을 찾으려 한다.
생명이 유영하는 천국이 되어라.
노랫소리 일렁이는 감동의 동강이여.

남해 금산

보리암 정상에 서니
기암절벽이 마주 보고 웃는다.

오늘따라 바다는 순하기만 한데
한가로운 뱃고동 소리
바다 끝자락으로 울고 간다.

나뭇가지마다 봄이 오는 고운 소식
은은히 묻어온다.

산새는 아직 기운이 없어
울음소리 가늘기만 하고

인기척 드문 정상에
햇살이 포근히 이마를 스쳐간다.

세월은 다시 오지 않는다는 생각이
새삼 가슴에 저미어오고
보람되게 한 해를 넘기겠다는 각오가
뼈끝으로 스미는구나.
남해 금산이여.

제6부

보시의 진미

보시의 진미

재산은 나눌수록 커진다
그렇다면 인색도 나누면 커진다.

부자는 재산에 비례하여 나눔의 정이 커야 할 것이다
부자가 인색하다면 뼈 빠지게 피나게 모은
재산이란 미련에 발목이 잡힌 때문에

그러나 부자의 영향이 큰 것은
사회발전에 영향이 지대하고
보시가 척박한 국가 사회의 불평등을
해소하기 때문이다.

보시의 진미는 오른손이
하는 일을
왼손이 모르게 해야 한다.

음덕을 실행하는 모범이
사회를 밝게 한다.

보시한 자는 한없는 포만감으로
상상할 수 없는 삶의 희열을
만끽하게 된다.

나눔의 진실은
너나 잘 해가 아니고
나부터 먼저 실천해야 할 것이다.

근로자의 생존전략

기업이 살아남는 길은
최고의 기술개발도 중요하고
인원 감축인 구조조정도 있다.

구조조정이란 인원 감축이다.
근로자의 타의적 퇴직은
직장에서 사형선고나 다름없다.

지금 우리 기업의 대부분은
50대가 정년이다.
50대는 가장 지출이 많은 세대이다.
가장이 직장을 잃으면
가정의 뿌리가 흔들린다.
잘못하면 노숙자로 전락한다.

구조조정은 신중해야 한다.
만부득이한 경우가 되어야 하고

이 방법 이외 다른 대안이 전혀 없는 경우에
한하여야 하고 당한 자가 억울함이 없어야 한다.

직장을 잃었다고 나락으로 떨어져서는 안 된다.
어떠한 심각한 궁지에도 자살을 생각해서는 안 된다.
가족과 자식을 생각하고 주변을 생각해야 한다.

하늘이 무너져도 솟아날 구멍이 있고
사는 것이 죽음보다 나으니
정 안 되면 자영업 하는 방법도 있다.

젊은이들의 인기 직종 1위는
자영업이 1위라는 통계도 있다.

칠전팔기로 다짐하고
실패는 성공의 어머니라는
평범한 진리도 명심하라.

제야의 종소리

한 해의 회고가 가슴 저린다
2002년의 폭풍
그 자락의 굉음
비탄의 몸서리 속에서
새 대통령이 탄생했다.

폭로가 판을 치고
보수와 혁신
신진과 기성
지역과 지역
우경과 좌경
갈가리 찢긴 선거판

예측불허의 선거 판도가
막을 내렸다.

이제 승자와 패자는
제야의 종소리와 함께
제 갈 길을 가야 한다.
승자는 더 나은 국가 미래를
패자에게는 위로를 안겨야 한다.

제야의 종소리
아쉬운 2002년
2003년이 시작되는 1월 1일
한 해의 다짐과 포부는
저마다 달라도
나은 미래와 국가는
스스로가 만드는 것.

떠오르는 저 핏빛
정열의 태양처럼
용솟음치는 우리의 전진의 각오는
흩어진 분열을 하나로 묶어가는
천둥 같은 벼락이어라!

북쪽을 보라
굶주리고 쇠사슬로 묶은
암흑의 북쪽 하늘을 보라.

그래도 우리는 축복 받은 땅
새해는 다 함께
세계로 어울리는
화합하는 동포가 되라.

축복은 겸손과 봉사와 정의
창조와 발전의 분신이다.

거역하지 못하는 역사의 수레바퀴를
앞으로, 앞으로 힘차게 굴려 갈
2003년 계미년의 우렁찬 함성이여!
새해 아침이여!

철새 정치인

철새 정치인의 보금자리는 민중
철새가 날아와도 민중은 둔감하니
철새 정치인이 기생하나 보다.

철새가 와서 앉으면
민중은 채찍으로 두들겨 패서
내쫓아야 발을 붙이지 못하리라.

더 나쁜 것은 철새보다
우둔한 국민이다.

계절 따라 찾아오는
철새 떼의 제비도
정직하게 왔다 가느니
철새 정치인과 철새는 근본이 다르다.

철새 정치인아!
그대는 철새보다 못한 것이
낯짝도 부끄럽지 않니!

철새라고 부르는 것도 고맙게 여겨라
철새보다 못한 정치인아
천벌 받을 왔다 갔다 하는
민의를 배신한 철새야
살려면 진실한 마음으로
대오각성하라.

손자의 총명

손자의 손을 잡고
할머니가 어시장에 갔다.

할머니가 명태를 사면서
아주머니에게 대가리를 잘라달라고 했더니
옆에 있던 손자 희원이가
'할머니, 대가리가 뭐예요!
머리지.'라는 말에
어시장 아주머니들이 폭소를 자아냈다.
할머니는 순간 몸 둘 바를 몰랐으나
손자는 태연한데 말이다.

어느 날 어시장에서 손자 희원이를 잃었다.
할머니 온 시장을 헤매었으나 찾지 못했다.

나중에 헤어진 자리에 다시 오니
그 자리에 가만히 혼자 서 있었다.
할머니를 기다리며 그 자리를 떠나지 않고 서 있었다.
희원이가 얼마나 총명한지
기특하기만 하다.

대구 불쏘시개 전동차의 참극

어떻게 백주에 이럴 수가
하늘과 땅이 통곡할 참사
국민은 울음을 잃었다.
분통이 터져 말이 안 나왔다.

안전불감증의 나라
나라를 믿지 않고 누굴 믿나.
암흑천지에서도 안내방송을 기다린 것은
누구를 믿어서인가.

불쏘시개 전차를 운행한 나라
선진국 진입이란
허울 좋은 소리
이 참사는 예고된 것
안전장치 하나 자동되지 않는
무지한 나라 바보천치의 나라

화염에 휩싸여
꼼짝달싹 못한 체
사라져간 내 부모 내 형제
원망할 겨를도 없었다.

소 잃고 외양간 고치는 뒷북 소리
듣기만도 지겨운 나라
불감증은 이 시간 지나면 없는 나라

한 미친놈의 장난에
엄청난 비극이
이 같은 불량배를 만드는 사회
총체적 반성이 뼈를 깎는다.

수출하는 전동차는 내화재를 사용하고
내수용은 거짓으로 허가를 가장했으니
살인 전동차가 아니고 무엇인가?

우리 사회 안전불감증 지대가 전철뿐인가!
사회가 통째로 이 지경이니
다시는 참극 없게
철저한 수사와 완벽한 안전장치 마련해야

인간 존엄의 민주주의의 기본원칙은
강물에 던진 지 오래인가?
선진국이 잘산다는 것은
의식주의 해결이 전부가 아니다.
사람이 사람답게 대접받는
인간 존엄성이 우대받는 사회이다.
사람이 개, 돼지 취급받는 사회라면

이것은 아득히 먼 후진사회이다.
내실 없는 허울만 미끈한 사회는
선진국이 되는 것은 아니다.

사람답게 스러져간 원혼들을 추도하고 반성함은
대구 참사를 교훈 삼아 다시는 이 땅에
이 같은 불행이 되풀이되지 않게
유비무환의 정신으로 사람이 존중받고
안정된 복락을 누리기 위함이다.

하와이 와이키키 일몰

제7부

정情

정情

정 없이 사는 것은 사막 위로 걷는 것
입에 발린 사랑은 사랑이 아니다.
보석처럼 아름다운 사랑의 진수는 정이다.

홀로 선 동해의 일출에
가장 먼저 떠오르는 사람
와이키키 해변의 일몰 때
가장 사무치는 사람
그런 인연이 없다면
사랑하는 사람이 없다는 말이다.

하나 되는 감정에
가슴이 저려오고
나날이 새로워지는 가슴이여!

육신은 떨어져 있어도
마음만은 함께하는 애틋한 심정

정에 타는 밤
정에 겨우면 마음이 들떠 잠을 설치고
모든 인간사 황홀해진다.

뒤척이는 고독한 밤이여
정이 넘쳐 보람의 등불로
활활 타올라라.

추억

과거는 오지 않는 것
온다고 보이는 것이 추억일 뿐

깊은 상처의 심연에
허우적거린 옛 추억이
연붉은 상상으로 타오르는
감감한 기억 속에 흠뻑 젖고 싶구나.

마주 보고 싶은 아련한 추억이여
이대로 삭여갈 긴 숨결에
참지 못한 앳된 꿈이
다시 회상되는 추억이여

젊음을 다시 품고
피어나라 꽃동산이여!
영원하라 아름다운 추억이여!

사랑의 극치

사랑은 둘이 아니고 하나
말이 아니고 행동이다.

깊은 사랑은 바다
한없이 용서하고 포용하는 바다이다.

사람은 기를 뿜는다.
삶의 의욕을 창출하는 원동력이다.
사랑은 슬픔과 고뇌를 삭이는 용광로이다.
태양처럼 타오르는 정열의 폭음이다.

사랑은 진실이다. 진실은 둘을 하나로 묶고
나누면 가벼워진다. 고통도 가볍게
나누어야 한다.

사랑은 감동이다. 감동은 전율이고
생명을 잉태한다.

정이 없는 사랑은 사랑이 아니다.
깊은 마음의 심연에서 솟아오르는
정만이 진실한 사랑을 눈뜨게 한다.

사랑은 한없는 포만과 만족을 가져와
행복과 열락悅樂을 충만케 한다.

사랑 속에는 미움도 있다지만
바다같이 넓은 사랑으로
미움을 용해하여 형체마저 사라진다.

사랑은 몸과 마음을
하나로 묶는다.

사랑은 영원으로 통한다.
조석으로 변하지 않는 영원한 사랑이
사랑의 극치이다.

증오의 극복기

한이 맺혀서인가
풀리지 않는 증오
오래 갚고 싶지만
부담은 없다.

꼴 보기 싫은 증오심
과욕과 심술이 넘치는 상대
이해하려고 하지만 이해 안 된다.

죽도록 미워하고 싶고 보기 싫고
짜증 나는 사람
생각지 않기로 했지만 생각나는 사람

성인군자가 아니고
태평스러운 생각으로
먼바다에 던지고 싶지만
울컥하는 심정
삼키고 지나자고
맹세하지만
뜻대로 안 되는 것이 인생사
그러나 쓰리지만 이해하자고.

금모랫빛 밤하늘

우주에는 지구에 도착 못한
별빛이 지천이고
무한대의 공간은 끝도 없이 둥글다지
정말 믿기지 않는 사고의 영역이다.

경이로운 무진한 우주공간
밤하늘의 금모래 밭

가도 가도 끝없는 사색의 공간
오묘한 생각에
나는 한없이 왜소해진다.

촘촘한 별들
둥근 보름달이 유난히 밝은 이 밤
계수나무만 생각하지
분화구는 기억하고 싶지 않으리.

인류 최초의 우주비행사
유리 가가린도 기억하고 싶지 않고

천문학자가 아닌 나는
우주 속의 신비만을 믿고

유성이 덜어지는
밤하늘의 별을 헤고

계수나무 달과 함께
동심의 세계에 영원히 젖고 싶어라.

별아! 내 가슴에

내 가슴에 당신의 별이
당신의 가슴에 나의 별이
영원히 살아있는 밝은 별이 되소서.

그리움이 번져오는
밤이 되면
견우와 직녀를 꿈꾸고

기다림에 타는 갈증은
만남의 희열로 사라지나니

별아! 영원히 내 가슴에
찬란한 사랑을 안겨주소서.

인생에 단 한 번

살아온 굽이굽이
인생의 풍상이여
회한의 한 굽이 산을 넘으면
다시 오는 미지의 긴 계곡이여!

이제는 진달래 붉게 핀
산봉을 올라
술렁이는 진달래밭에 누워
흘러가는 구름에 꿈을 실어 보내리!

당신도 단 한 번 나도 단 한 번
스스로 몸짓하는 벅찬 마음으로
영원을 헤아리는 순후한 몸짓으로

하늘이 벼락 쳐 산을 갈라도
태산이 무너져 바다를 메워도
한마음 맹세는 무너지지 않으리!

천년의 성

천년의 성을 쌓아
만년을 살고파요.

마루만 보아도
포만의 눈웃음이

머리와 가슴에는
당신으로 가득 차고

살아온 의욕에는
날개를 달고

누구도 범접 못할
천년의 성에서
행복에 겨운 날을
살고파요.

세월의 최고 보답

오는 세월 다시 오지 않고
가는 세월 다시 오지 않는다.
그렇다고 세월을 원망할 수 없고

허무하게 세월 보내면 허무하고
값있게 보내면 보람된 일

어리석은 사람
세월이 빠르다고 원망하지만

진하게 사는 사람
세월 가는 줄 모르고 늙는다.

지난 세월 보이지만
오는 세월 보이지 않고 알 수도 없다.

오는 세월 보기 위해
작심하라 철저히 대비하라
그러면 세월은 보일 것이다

세월을 한탄하지 말라.
한숨 쉰다고 세월은 다시 오지도 않고
멈추지도 않는다, 촌음을 아껴 써라.

지금이 최고이니 최선 다하라.
이것만이 세월에 대한
최상의 보답이니라.

낙락장송 소나무

왕거암 상상봉에
뒤틀어진 장송
혹한과 염천과 태풍
버텨온 장엄한 생애
하늘과 구름과 태양으로
끈질긴 생명을 이어오고 있구나.

침엽수 푸른 생명체의 고된 이정표에는
차곡차곡 나이테가 쌓이고
자연의 순리에 합창하고 있다.

태양이 반가운 미로
달밤의 설렘
별들의 속삭임을 녹여
저무는 한 해를 건너

원망도 없이
침묵이 흐르는 왕거암 상상봉 소나무는
오늘도 천연스레 흔들리고 있다.

나도 왕거암 상상봉에서
새해를 설계하며 낙락장송 소나무와 함께
흔들리고 있다.

- 청송 주왕산 내원동 전기 없는 마을에서 산을 오르면 왕거암이 나
온다 -

태산이여!

산이여, 태산이여!
여기가 우리의 도전장

싱그러운 해풍이 가슴으로 스며들고
흥겨운 산봉우리
이마에 와 닿는다.

천진함이 수북한 언덕배기는
심금을 울리는 무언의 대화가 오갈 뿐

산아 사랑이란 말이 아닌 감격이
진주보다 영롱한 순결을 뿜어다오.

산의 속살이여!
용암이 융기하여 태산으로 변하고
만고불변의 기상으로
인간을 개도해다오.

돌탑

제8부

공든 탑

공든 탑

공든 탑은 무너지지 않는다.
진이 빠진 정성
감히 남이 넘보지 못하는 정성
혼이 밴 대역사의 결정체

감탄의 대성공
공은 아무나 드는 것이 아니다.

정성을 다하는 예의범절
분명히 타인을 감동시킨다.

나를 버티는 인고의 심성
공든 탑은 결코 허물어지지 않는다.

공든 탑은 갈수록 공고해지는 것
아무도 무너뜨릴 수 없다.
영원히.

눈 세계의 추억

눈이 자욱한 산들에
아침에 문을 여니
순백의 화음이 일렁댄다.

세상천지가 하얗게 분칠했고
비가 눈이 되니 이마가 산듯하다.

태고의 눈이나 지금의 눈은
다를 바 없고
온화한 자태는 마찬가지다.

눈을 기다리는 어린 마음으로
옛날로 돌아가자!

눈 속에 장난치던 옛적이
추억으로 달아오르면
눈이 어린이와 같아진다.
때 묻지 않은 동심이어라.

눈을 고대하는 것은
동심으로 회귀하는 것
젊음을 맞는 것이다.

몰인정

나눌수록 커지는 것
없어서 못 준다면
몸으로 때워라.

어려운 사람
못 본 척 넘기지 말라
전생의 벌 받을라.

두 손을 가진 것
한 손은 주라는 것

그런데 불쌍한 사람 보아도
그냥 넘기는 것
면역된 것 아닌가.

사람이 사람다운 것
인정이다.
정이 없는 사람 몰인정한 사람이라 한다.
몰인정한 것 사람다운 도리 아니다.

정이 고갈된 우리 사회
사람다운 사람 그리운 우리 사회

풍요는 나만의 풍요가 아니다.
다 같은 풍요가 진정한 풍요이다.

산책의 교훈

만나는 사람마다
제각각인 인생
표정을 보면
그 인생살이를 짐작하게 한다.

건강을 위해 단순히 걷는다는 것은
상식이지만
정신건강을 위해
사색에 몰두하는 산책은
느껴본 사람은 알리라.

고만고만한 인생을 관조하는 산책
몸과 마음을 움직이는 것
모든 인생살이는 창조적 산책이어야

게으르지 말고
부지런히 산책하라
이것이 산책의 교훈이다.

무욕의 경지

식욕을 줄여야 장수한다고 하기에
아무리 줄이려 해도 밥맛이 꿀맛이기에
줄이기 어렵다.

물욕을 줄이려 해도
마음대로 안 되는 것이 인간이다.

식욕과 물욕과 명예욕은
인간의 필수품인가 모르지만
그 연을 끊지 못하는 것이
인간의 속성인가 보다.

어느 고승의 발병 원인이
영양실조라는 진단이 나왔다고 하는데
그는 겨우 생명을 부지할 정도로 먹었다고 한다.
참선과 수양과 인내 없이는
불가능한 영역이다.
무욕의 경지는 범인은 범접 못할
성역의 경지이다.

천근 가슴의 지혜

하늘이 가슴에 내리고
바다가 가슴에 출렁이고
바위가 가슴에 안긴다.

가슴은 저 넓은 바다와
높은 하늘을 가슴으로 포옹한다.

가슴은 천근 바위를
평생을 바라보며 닮아간다.
바다와 하늘과 바위는
일생 나의 스승이다.

하늘이여 바다여 바위여!
침묵하는 곧은 지혜로
내 가슴을 새롭게 하고
즐겁게 해다오.

무학산 만날재

만나자고 천릿길
보이지 않는 사람

생이별 6·25 전란
기약 없이 헤어진 사람
생사는 막막

목메어 불러보는
한 맺힌 이름
메아리는 돌아오건만
그대는 소식 없네

애끓는 통한은
어디서 찾을꼬

만날재 소문 듣고
불원천리 달려왔건만
감감한 소식에
목메어 타들어 가는
애달픈 고통

이제는 통한의 긴 강물에
만남의 소망을
띄워 보낼 수밖에.

땡볕

폭염이 말문을 막는다.
오곡이 타는 소리
귓전을 때린다.

9월 늦더위
인재인가, 천재인가,
인간이 만든 업보인가.

떼죽음 닭장들
농부의 애간장
하늘을 원망할까?
인간을 원망할까?

탄식의 소리
하늘에 닿고
타는 가슴
천형처럼
처절하다.

어진 농부의
피멍 든 가슴에
대못을 박는 소리
귓전으로 울려 퍼진다.

건강은 자기 책임

병의 예방은
소식, 근력, 유산소운동 병행
뜨겁고 짜게 맵게 먹지 말고
금연, 절주
물 많이 마시고
적정 체중 유지
복부비만 줄이고
스트레스 이기고
충분한 휴식
즐겁게 살고
하는 일이 있어야
모든 것 강한 의지로 실천

자가용은 영구차
무조건 걸어라.

집에 누우나 산에 누우나 마찬가지
누우면 죽고 걸으면 산다.

잊지 않았습니다

진도 팽목항

제9부

통곡의 팽목항

통곡의 팽목항

하늘도 울고 땅도 울고
온 천하가 통곡의 바다

오천만 우리 할 말이 없구나
우리는 모두 죄인

국가가 있는가 관이 있는가
돈의 노예인 나라
인재이고 관재官災
예고된 사고 방치한
무지와 무식의 나라

팽목항 부두에 밥상 차려놓고
자식을 기다리는 애타는 모정

숯이 되어 타들어 가는 가슴
이젠 눈물도 마르고 기력 한 점 없다.

어찌 키운 자식인데
내가 죽어야지 내가 죽어야지
내가 어찌 살라고

세월호 참사 선주, 선장, 관가에
국민의 분노 하늘 끝까지 닿고

맑은 대명천지에 눈뜨고도 대처 못한 통한
멍든 회한이
국민의 가슴에 못을 박고

분향소 찾는 끝없는 조문 행렬
원통하고 분하다 이럴 수가 있는가.
내가 당한 내 자식
피지 못한 순후한 내 자식들

말문이 막히고 할 말을 잃었구나.
우리를 용서해다오 우리를 용서해다오.

그냥 덮고 넘길 수가 없다.
한 점 숨김없는 철저한 죄상 파악과
관련자 국민의 분노에 맞게 응징하고
처벌함이 어린 영혼에 대한 보답

이젠 국가 차원의 기본적 쇄신책과
구체적 시행이 남은 과제.

버스 안은 만물상

버스 안은 사회의 축소판
잘난 사람 못난 사람
병든 사람 성한 사람
어울리는 만물상

착한 심성 젊은이 자리 양보하고
고맙다는 노인의 답례
정이 넘치는 버스 안 훈훈한 입김
살맛 나는 버스 안

버스 타기 힘든 노약자를 위해
자리 앉자 떠나는
착한 운전기사

버스 안 만큼
사회가 훈훈했으면.

설날 아침

구정의 설날이 신정보다 낫다.
이젠 연휴의 설날로
친척이 한자리에 모여
차례를 지내니
더욱 정겹다.

세월이 하도 빨라
오늘이 벌써 내일로 건너뛰니
내년 설날이
미리 와 기다린다.

세월을 잡고 탄식한들
소용이 없다.

한 가지라도 뚝 부러지게 하고
살아야
산 보람이 나지

계획만 거창한
새해 아침이 아닌
부끄럽지 않게 한 해를 보내야지.

정말 속살 찬 한 해를
말이 아닌 글이 아닌
뼛속의 실천이
영글어 터져야지.

여운

깊은 산중
미명의 사찰 종소리

긴 여운에
삶의 고뇌가 일렁인다.

여운은 향기로운 것
여백이 없는 삶은
막대기처럼
무미건조한 것

지친 생활 전선에
비틀거리는 인생

주막의 막걸리 한 사발에
미소 어린 오늘이여!

진솔한 행복
미명의 긴 여운이여!

축복의 꽃봉오리로
환생하소서.

가을바람

폭염暴炎을 밀어내는
소슬바람

알알이 영그는
풍년 들녘

추석 그넷줄에
펄렁이는
처녀 치마폭
환히 퍼져가는 웃음꽃

절박한 세상사
눈을 드니
한 해가 기운다.

가을바람에
안타까운 사연을

천릿길 강심으로
띄워 보낼까?

코스모스

가을이 하늘거리고 온다.
삭풍은 아직도 아득한데
가을의 전령사가
청순한 여인으로
다가온다.

겹겹이 쌓아둔 사연을
어디론지 날리고 싶은 충동을
코스모스가 부추긴다.

가을 속으로
솔솔 피어나는
청초한 코스모스여

기다리는 반가운 소식을

오늘은 목놓아
기다려볼까?

봄소식

먼 남쪽 꽃바람이 불어온다.
바다를 건너는 봄소식
나른히 졸고 있다.

바닷고기 살 오르는 계절
갈매기 펄럭이는 날갯짓이
가볍게 솟구친다.

나의 봄소식
오지를 않고

간간이 울리는
미련의 음향

허기진 사랑
새순처럼 돋아나라

봄은 왔다가
언제 떠나는지
소식 없는 긴 세월

아득한 대지에
생명이 물오르는 음향이
만릿길 여정에
은은한 음률로 다가온다.

하얀 미소

지열이 솟는 조춘무春
모란의 함박웃음이
사람의 마음을
간들거린다.

달 밝은 밤에는
달빛과 어울리고
밤새도록 잠을 설친다.

바람이 싫어
소리 없이 울고

돌밭의 흰 눈이
춘풍을 시샘한다.

남향의 전령사
천릿길 동천의
머나먼 길
모란이 먼저 오고

언제 번득
초록빛 새순으로
분장하는구나.

제10부

일인자의 유능한 이인자

1 중국 삼국지 촉한

유비와 제갈공명, 유비는 제갈량 맞기에 삼고초려를 했고, 제갈공명은 능력 있는 마속이 법령을 어겼기에 목을 베고 통곡했으며, 유비가 사망하자 권력을 찬탈하지 않고 아들 유선 밑에서 이인자로서 충성을 다함

2 모택동과 주은래

모택동을 주군으로 모신 주은래는 고교출신인 모(毛)를 프랑스 유학파인 그가 지도자로 모시고 그의 발걸음 뒤에서 영원한 이인자 역할을 했다. 실제 중국을 통합으로 이끈 두뇌는 그의 머리에서 나왔다. 중화민국의 수립 이후 모의 사망 전까지 27년간 총리를 역임한 세계 기록을 세운 이인자이다.

3 장개석과 우우임 행정원장

대만 장개석 총통 밑의 우우임은 일인자가 불가능하니 그는 죽어서 일인자가 되기 위해 유언을 남겼는데, 그가 사망하면 대만에서 가장 높은 3,997m 옥산 정상에 3m의 동상을 세워 정상은 4,000m가 되었다. 1985년 대만 옥산을 등산하여 현장을 목격하였다.

4 미국의 16대 링컨 대통령과 스워드 국무장관

링컨은 후보 시절 맞섰던 스워드를 이인자인 국무장관으로 임명하여 남북전쟁을 승리로 이끌어 국가 분열을 막았고, 정족수 미달의 불리한 조건을 극복하여 노예제 폐지를 완결시키고, 국민도 반대한 알래스카를 720만 달러로 매입하여 알래스카의 아버지가 되었다.

5 세종대왕과 영의정 황희

세종대왕의 치적은 훈민정음 창제와 탁월한 인사정책, 그는 신분 가리지 않고 각 분야 최고의 능력자 발탁 기용했다. 세종 치하의 최고 이인자는 황희였고, 세종이 동방의 성군이 된 것도 황희의 후광이 있었기에 가능했다.

6 박정희 대통령과 김정렴 비서실장

박정희 대통령 서거 당시 김정렴 비서실장은 주일한국대사였다. 그는 경제개발 5개년 계획 등 경제개발을 주도했고 비서실을 장악했다. 무능한 김계원 실장이 아닌 김정렴 비서실장이 국내 있었거나 비서실장 지위에 있었다면 박정희 대통령의 비극은 없었을 것이라는 말이 설득력 있게 들린다.